AF298500

SALUT

AU

TROISIÈME MILLIARD!

PAR

J.-E. HORN

Auteur du *Bilan de l'Empire*

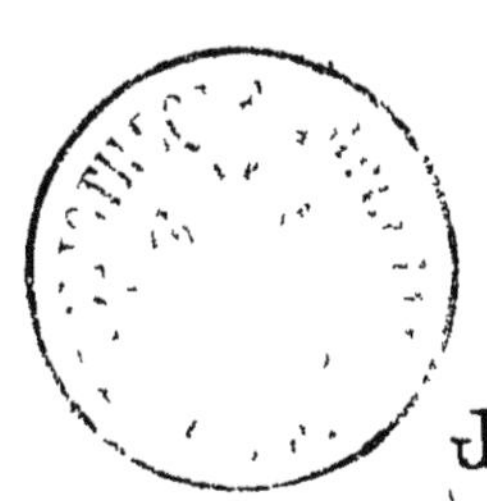

Res est sacra miser.
SÉNÈQUE.

PARIS

E. DENTU, LIBRAIRE-ÉDITEUR

PALAIS ROYAL, 17 ET 19, GALERIE D'ORLÉANS

—

1868

Tous droits réservés.

SALUT

AU

TROISIÈME MILLIARD!

I

Pourquoi n'en conviendrais-je pas? Le succès du BILAN DE L'EM-PIRE (1) a dépassé et mon attente et la valeur de l'opuscule. Je ne m'arrête point, si ce n'est pour en remercier cordialement mes honorés confrères, au bon accueil que lui fit, en France et au-dehors, la presse libérale de toutes nuances; je passe sur le rapide écoulement de plusieurs éditions, faveur bien rare pour un écrit aussi *spécial*. Je mesuré le succès tout particulièrement sur l'extrême vivacité des attaques venues du camp gouvernemental. Le grave *Constitutionnel*, qui exhalait sa vertueuse indignation contre les prétendus faux du BILAN; son impétueux frère-jumeau, qui entretenait contre l'auteur un feu roulant d'invectives personnelles; la vaillante *Patrie*, qui, pour avoir un adversaire digne d'elle, me crée légion et ferraille contre les « faiseurs de bilan : » tous les chefs de file à Paris, derrière eux le bataillon serré des journaux ministériels des départements, ont « donné » contre le *pamphlet*. Le mot d'ordre s'exécutait avec entrain ; d'aucuns y mettaient de la passion, au delà même.

M'était avis que la modeste étude d'économie financière ne méritait

Ni cet excès d'honneur, ni cette indignité;

ailleurs, on estima que c'était insuffisant. Pour combattre l'effet du BILAN sur l'opinion, une réponse mieux étudiée et plus développée, que ne la peut faire la presse quotidienne, fut jugée indispensable. Plusieurs contre-brochures, officieuses pour le moins, étaient successivement annoncées. Entre autres, les bureaux de plusieurs ministères se seraient coalisés ou cotisés pour en produire une; un préfet du Midi

---

(1) Brochure in-8°, publiée en mars 1868 par la librairie Dentu, Paris.

aurait collaboré; de hautes inspirations, auraient été prodiguées aux
zélés avocats. Toutes ces bonnes volontés et tous ces travaux prépa-
ratoires se seraient-ils finalement fusionnés dans la *Réponse au
pamphlet de M. Horn* (1), qui vient de paraître sous la signature de
M. Auguste Vitu? On l'affirme; bien des raisons portent à le croire.

En tous cas, c'est de l'officieux, et du plus pur. Le rédacteur en
chef de la feuille du soir qui reçoit les inspirations du ministère
d'Etat et que la préfecture de la Seine gratifie des annonces judi-
ciaires, a toute qualité pour traduire, officieusement, la pensée du gouvernement. Ses arguments, d'ailleurs, ses chiffres et ses rectifications
rappellent, à s'y méprendre, la réponse faite par M. Rouher lui-même,
aux critiques financières formulées à la tribune par M. Pouyer-
Quertier (2); M. le ministre d'Etat a eu soin de dégager la responsa-
bilité du député rouennais en mettant ses critiques sur le compte
d'une « mauvaise lecture, » en les ramenant à la « brochure. » On
devine laquelle. Elle est et reste la grande coupable. Aussi, les feuilles
gouvernementales saisissent-elles avec empressement l'occasion que
leur offre la « Réponse » (3) pour tomber de nouveau à bras rac-
courcis sur le Bilan et le « bilanier. » Il va sans dire que ces sorties
aboutissent toutes au boniment de rigueur sur le meilleur des régimes
budgétaires, que l'Europe envie au plus heureux des empires.

II

Volontiers je rends hommage aux zèle et labeur déployés dans la
confection de la « Réponse au pamphlet de M. Horn. » Des mon-
tagnes de chiffres y sont entassées pour servir de tombeau aux critiques dont la gestion et la situation financières du pays sont l'objet
dans le public, dans la presse, aux Chambres; la poudre d'or à jeter
aux yeux des contribuables, coule à flot dans les répliques officielles
et officieuses. Mais ces prodiges de travail et d'artifice atteignent-ils le
but? Est-on parvenu à ébranler les prémisses, à renverser les conclusions du Bilan et d'autres écrits récents (4) sur la même matière?

(1) Elle porte pour titre principal : *Les Finances de l'Empire.*
(2) Séance du 15 mai 1868 ; la réplique est du 19 mai.
(3) Le *Moniteur universel*, en reproduisant la brochure de M. Vitu (n° du
23 mai) l'a rendue presque officielle ; le petit *Moniteur* l'a servie pendant
huit jours, morceau par morceau, à ses deux cent mille abonnés, — je ne
dis pas lecteurs.
(4) V. notamment : *La Vérité sur la situation économique et financière*, par
Raoul Boudon ; — *Nos déficits*, par Allain-Targé ; — *La politique du Grand-
Livre*, par Ach. Mercier.

Réussit-on à démontrer que la France n'est pas surchargée d'impôts; que ses ressources ne sont pas prodiguées; que ses sacrifices n'excèdent pas et ses forces et les résultats obtenus; que le présent financier n'est pas plein d'embarras et l'avenir gros de périls?

A toutes ces questions, il n'y a, hélas! qu'une seule réponse possible : le non catégorique. La suite de ces pages le prouvera.

Ce n'est pas à dire que la brochure de M. Vitu, avec tout ce qui s'y rattache, n'apprenne rien. Pour ma part, elle m'a fourni une preuve de plus de l'utilité suprême du contrôle. Les attaques dont on accablait le « pamphlet » m'ont amené à en examiner à nouveau les chiffres, les arguments, les conclusions : cet examen a porté fruit. J'ai reconnu, et j'avouerai sans détour, que tout n'est pas d'une exactitude rigoureuse dans le BILAN DE L'EMPIRE. La crainte de paraître chicanier, m'avait fait accepter des données sujettes à caution; pour éviter jusqu'à l'apparence d'un pessimisme de parti pris, j'avais adouci maintes déductions. J'ai eu tort, j'en conviens.

Oui, je le confesse franchement : les dépenses publiques sont plus fortes, les charges des contribuables sont plus lourdes, l'influence délétère des unes et des autres sur la situation politique, sur la prospérité économique, sur le développement intellectuel de la France, est plus profonde, le danger social est plus grave, la réforme est plus urgente, que le BILAN DE L'EMPIRE ne le faisait supposer et qu'on ne le croit communément.

III

J'ai dit : le danger social, et je maintiens l'expression. Les apologistes, officiels et officieux, méconnaissent la portée du problème, sa nature même, quand ils n'y voient ou n'y montrent que le côté purement budgétaire, dans le sens arithmétique du terme.

Ouvrez les yeux, et regardez ce labeur de Sisyphe, dans lequel s'épuisent des classes entières! Croyez-vous leur force sans limites? Des millions de travailleurs en France, des centaines de mille à Paris seulement, luttent en vain depuis dix ans, depuis quinze ans, pour une amélioration effective de leur sort matériel. Nous n'en sommes plus à l'époque des exigences déraisonnables, se heurtant à des résistances obstinées; grâce aux progrès des lumières économiques, bien des patrons se résignent aux concessions, et les ouvriers n'entendent guère les ruiner. Le bon vouloir réciproque n'aboutit pourtant pas à l'entente, n'assure pas la paix; à peine y a-t-il des trèves. Le patron, après avoir concédé tout ce qu'il

jugeait accordable, voit se dresser devant lui des exigences nou-
velles; l'ouvrier, après avoir obtenu tout ou presque tout ce qu'il
avait demandé, se retrouve en face de l'ancienne insuffisance, de
l'ancienne gêne, de la même misère.

C'est que les concesions du capital sont fatalement limitées par les
prélèvements qu'opèrent les divers budgets publics; c'est que les
conquêtes du travail sont fortement rognées par les exigences mul-
tiples du fisc.

Voyons Paris seulement. Avec le régime de concurrence universelle qui est là-loi moderne de l'industrie et qui oblige de produire
à un bon marché extrême, pensez-vous que les usines à qui le
fisc, sous diverses formes, demande cent mille francs, deux cent
mille francs et au-delà par an, ne sont pas fatalement poussées à se
« rattraper, » autant que faire se peut, sur les autres éléments cons-
titutifs du prix de revient ? Le salaire, malgré tout, a augmenté ;
l'ouvrier peut-être touche aujourd'hui le double de ce qu'il touchait
quinze ou vingt ans auparavant. Cependant il n'y a pas tant à vous
en vanter et à l'en féliciter. Quand sa demeure déjà et son atelier
sont d'avance « imposés » dans la pierre et la brique, dans le fer et
le bois, qui ont servi à les édifier ; quand l'ouvrier ne peut pas boire
un verre de vin ordinaire, sans payer au fisc l'équivalent, pour le
moins, du prix de production ; quand il ne peut ni acheter un sac
de farine, une livre de viande ou de poisson, ni allumer le fourneau,
une chandelle ou une lampe, ni signer un engagement, ni recevoir
un effet, sans voir le fisc tendre la main ; en un mot, quand le tra-
vailleur ne peut ni produire, ni consommer, ni gagner, ni dépenser
de l'argent, sans « contribuer, » et de plus en plus largement :
comment voulez-vous que l'augmentation nominale de son salaire
lui profite sérieusement et lui donne la modeste aisance après laquelle
si légitimement il aspire ?

Et patrons et ouvriers, capital et travail, tournoient ainsi dans un
cercle vicieux ; la fatalité les y emprisonne, au risque de les voir
s'entre-déchirer, comme les bêtes fauves dans l'antique arène. On se
contient, heureusement, de part et d'autre. Les plus intelligents dans
'es deux camps le savent et la grande majorité commence à le sentir :
la véritable cause des embarras échappe à l'action des intéressés,
victimes plutôt qu'auteurs de ce fâcheux état des choses. Par mal-
heur, la bonne volonté et l'intelligence ne suffisent pas toujours pour
contre-balancer la pression des intérêts, de ceux surtout que stimu-
lent des besoins légitimes.

Qui ne sent à quel point est grosse de dangers une situation aussi
tendue ?

IV.

Et vous vous imaginez que des pareils dangers sont conjurés par l'entassement de chiffres complaisants? Et vous croyez que le péril cesse d'exister quand des louanges intéressées ou inintelligentes empêchent d'entendre les voix qui avertissent?

Une réforme radicale du régime actuel, un large abaissement surtout des dépenses et des charges publiques, peuvent seuls écarter le péril croissant. Le soulagement est d'autant plus indispensable, urgent, que, dans des exigences aussi permanentes que les exigences budgétaires et qui atteignent tous indistinctement, il faut bien tenir compté aussi des facultés et des tendances prédominantes de la nation. La faculté contributive du peuple français est moins élastique que celle de quelques autres grands peuples, parce que la faculté d'acquisition est, chez lui, plus étroitement limitée.

Le Français ne possède pas la précoce activité fiévreuse qui aiguillonne le Yankee à devenir, dès l'adolescence, homme d'affaires, amasseur d'argent. Il n'a pas non plus la tenacité de John Bull, qui, jusqu'aux bords de la tombe, travaille, produit, épargne. Jacques Bonhomme commence plus tard (*il faut que jeunesse se passe*) et se repose plus tôt : se retirer des affaires et vivre en rentier, est son idéal, le but suprême de ses efforts. Sa boisson nationale n'est pas le *whiskey*, qui surexcite les forces et les « esprits » de l'Américain, ni le *pale-ale* qui rend l'Anglais si consistant et si tenace ; il boit le vin généreux de ses collines, qui égaie la vie et invite tout autant à jouir qu'à travailler.

Est-ce un défaut? est-ce une qualité? Cette différence nous constitue-t-elle une infériorité ou une supériorité vis-à-vis de l'Anglais, de l'Américain? Je ne sais. Je ne tiens guère à l'examiner aujourd'hui. Je constate ce qui est. De ce qui est, il résulte qu'une contribution déterminée, mettons : cent francs par an et par tête, pèsera plus lourdement sur les populations françaises qu'elles ne pèserait sur les populations anglaises ou américaines ; peut-être même qu'elle ne pèserait sur les populations allemandes ou italiennes, plus facilement résignées aux privations.

Insister serait de trop. On le comprendrait, si nous demandions pour le budget français l'abaissement au-dessous de l'étiage ordinaire ; nous sommes plus modestes.

V

Tout ce que réclame la France démocratique, c'est que l'on cesse d'accroître constamment les dépenses publiques ; que les charges budgétaires soient proportionnées aux facultés contributives ; que les deniers des contribuables soient employés au gré des contribuables, avec leur concours et sous leur contrôle effectifs : c'est le seul moyen d'en assurer l'emploi utile, productif. La tendance de l'Empire va malheureusement à l'encontre de ces légitimes exigences : voilà ce que, depuis des années, l'Opposition et la presse démocratique ne cessent de proclamer et ce que le BILAN DE L'EMPIRE a fait ressortir une fois de plus. Que répondent les défenseurs d'office dans les brochures, dans leurs journaux, du haut de la tribune parlementaire ?

Ils soutiennent les thèses que voici :

1. Les dépenses de l'Etat ne sont pas aussi considérables qu'on les dit, en faisant bloc de tous les débours, sans distinguer entre les charges effectives et les charges apparentes.

2. Les voies et moyens ne sont pas tous demandés aux contribuables ; les dépenses mêmes effectives n'entraînent donc pas une charge tout à fait équivalente pour le pays.

. 3. Les charges sont en tous cas largement compensées par des avantages corrélatifs ; si l'Empire, peut-être, coûte cher, il rapporte beaucoup : en gloire, en prospérité, en progrès.

Je crois avoir fidèlement résumé le dire des défenseurs quand même des budgets gros et constamment grossissants. Affirmer, toutefois, ne suffit pas en matières aussi positives. Voyons les preuves.

VI

Ils tiennent surtout, et pour cause, à la première thèse ; elle est capitale. Cependant, nos chiffres étaient tous empruntés aux documents officiels. Comment faire ? On récuse le témoignage de ces derniers. « Ils ne sont pas rigoureusement vrais ; le fictif s'y mêle au réel. » Et l'on prend un air des plus doctes pour nous révéler que la « comptabilité perfectionnée » n'enregistre pas seulement les rentrées et les sorties effectives ; elle aligne « tout mouvement en recette et en dépense, » ce qui enfle les totaux. Mais qui donc pourrait être assez ignorant ou assez niais pour ne pas distinguer, par exemple, entre les *opérations* de la Banque de France (1) et son *mouvement de fonds?* La confusion est tout aussi impossible pour ce qui concerne l'État. En 1866, année que M. Vitu prend pour type et qu'il étudie particulièrement, le *mouvement de caisse*, au Trésor, a atteint la somme formidable de vingt-huit milliards (2); qui en parle? On n'a jamais raisonné que.les 2 milliards 200 millions des *opérations* budgétaires !

Et non-seulement je n'ai pas pris le Pirée pour un homme et des mouvements de trésorerie pour des opérations budgétaires; j'avais écarté même des sorties très-réelles: uniquement parce qu'elles sont couvertes par des recettes « corrélatives. » J'entends le chapitre des « recettes et dépenses des services spéciaux rattachés par ordre au budget : » tels que les chancelleries consulaires, la Monnaie, la dotation de l'armée, la Légion-d'Honneur et autres. Les cent cinq millions et demi de francs que ces dépenses dites d'ordre réclamaient en 1866 n'étaient aucunement compris dans les 2 milliards 200 millions de dépenses effectuées en 1866; pas plus que les cent millions de dépenses d'ordre inscrites dans le budget projeté pour 1869 ne sont compris dans les 2 milliards 271 millions de dépenses prévues pour cet exercice. La plus rapide inspection des documents suffit pour en convaincre tout homme sachant les quatre règles. Et M. Vitu, lui, ne sait « comment qualifier » notre « assertion si audacieuse » que les dépenses dites d'ordre ont été laissées en dehors des chiffres et des calculs du Bilan de l'Empire! Il tient absolument, lui, aux « dépenses d'ordre en dedans! » Est-ce de l'altération voulue? Elle serait bien forte, de la part du censeur, qui prétend « exécuter » les sophistications et les fraudes arithmétiques d'autrui! Est-ce de l'ignorance? Mais lorsque l'on s'érige contrôleur en chef, on n'est pas libre d'en savoir moins que le dernier commis des finances !

Ainsi, tantôt la polémique officieuse attribue à l'adversaire des inepties que jamais il n'eût commises, tantôt elle l'accuse des altérations qu'elle-même commet. Ce procédé peut sembler commode; il est à coup sûr mesquin et maladroit.

VII

Au besoin, je pourrais en rester là. Ces deux exemples suffisent

(1) Pour Paris seul, les opérations ont été, en 1867, de 2 milliards 870 millions, tandis que le mouvement de fonds s'est élevé à 32 milliards 594 millions.

(2) Entrées : 13,918,655,430 fr.; sorties : 13,762,234,870 fr.

pour caractériser la « manière » de nos censeurs et contrôleurs, pour faire juger la portée de leurs rectifications, le degré de confiance que méritent leurs affirmations. Je renonce à user de cette fin de non-recevoir. La question est grave; il importe de détruire l'équivoque. Que le pays voie clair.

« Les dépenses, allègue-t-on, portées à trente-et-un milliards pour la période de 1852-66, à une moyenne annuelle de 2,200 millions pour la période quinquennale de 1862-66, sont en réalité moins considérables; il y a des déductions à opérer sur les comptes budgétaires pour dépenses purement apparentes, nominales. » Aussitôt dit, aussitôt fait. D'un seul coup, M. Vitu « déduit » 415 millions sur les 2 milliards 242 millions du compte de dépenses de 1866; puis il généralise. A quel titre ces déductions ?

Je glisse sur le menu : cinq chapitres secondaires qui, ensemble, représentent le dixième, à peine des « déductions » réclamées. M. Vitu y entasse tout ce qui, dans le budget, passe plus ou moins pour restitution ou non-valeur : « on ne peut pas demander compte au gouvernément des sommes qu'il ne perçoit pas ou qu'il est obligé de rendre. » Quel dommage que M. Vitu n'ait pas daigné lire les documents qu'il invoque tant ! Il aurait vu que, ici encore, l'étiquette est trompeuse. Ainsi, les trente-sept millions de « restitutions et non-valeurs » que les officieux entendent biffer d'un seul trait de plume, comme étant une dépense purement « apparente, » comprennent : des subventions pour chemins vicinaux, des primes d'exportation, la répartition à divers de produits d'amendes, saisies et confiscations. C'est de l'argent que l'Etat a parfaitement « perçu » et qu'il n'a guère « rendu; » il l'a pris dans votre poche, dans la mienne, et l'a employé à son service. Où est la raison, le prétexte seulement, à la « déduction » que vous opérez si prestement ?

Bien autrement considérable, la plus forte de toutes, est la « déduction » des deux cent cinquante millions que le Trésor a versés en 1866, qu'il verse en moyenne chaque année, aux caisses départementales et communales. C'est la pièce de résistance de toutes les apologies budgétaires : ces 250 millions, prétendent-elles, ne peuvent pas être regardés comme une charge budgétaire, puisque l'État ne les dépense pas directement et par conséquent sont à défalquer de son *doit* qu'ils grossissent nominalement. Que vaut cette prétention ?

Nos contradicteurs ignorent le fond de la question qui nous occupe ou s'obstinent à la méconnaître. De quoi s'agit-il, lorsque sans parti pris et consciencieusement l'on discute les charges publiques ? Il s'agit de connaître le montant du prélèvement qui est fait sur mon revenu ou sur mon capital, pour être dépensé par autrui et pour des destinations autres que mes besoins particuliers. Quand, à la sueur de mon front, j'ai gagné dans l'année douze cents francs qui à peine suffiraient pour mon entretien et l'entretien de ma famille, l'essentiel est de savoir : qu'est-ce qui en restera à ma disposition ? quelle sera la part qui en sera soustraite pour être dépensée par des tiers, autrement que pour mes besoins particuliers qui m'aiguillonnent à travailler ? Je donnerai peut-être très-volontiers, si l'on ne me demande que cinquante francs ; je murmurerai, si c'est pour cent-cinquante que l'on m'impose ; je trouverai le fisc extrêmement «dévorant», s'il m'enlève trois cents francs. Mais que ces trois cents francs soient dépensés par les agents de l'Etat, par des agents départementaux ou communaux, cela n'est guère pour le moment la question ; nous reviendrons sur l'emploi des deniers publics : il n'est assurément pas de nature, dans la France du jour, à faire aisément accepter aux populations qui réfléchissent l'élévation si considérable et l'augmentation continue des charges publiques.

Que signifie alors votre « déduction » des deux cent cinquante millions de dépenses dites spéciales ? Cette dépense, je suppose, n'est pas apparente, fictive ! C'est bel et bien le quart d'un milliard pris sur le revenu annuel des populations et dépensé pour les services publics ; c'est un prélèvement qui a tous les caractères de l'impôt, de la charge contributive. Votre complaisante « déduction, » ne fera pas que ces 250 millions restent dans la poche des contribuables ni qu'ils y rentrent. Ou est-ce qu'il ne s'agit que des décharges sur le papier, de « jeux d'écritures, » comme dit le Tribunal de commerce de la Seine ? Faites-en à votre guise et n'en parlons pas.

Le seul argument en apparence sérieux que nous oppose M. Vitu, c'est qu'il faudrait alors mettre en ligne de compte « la totalité des quatre-vingt-neuf budgets départementaux et des trente-cinq mille budgets communaux, dont le montant provient également de l'impôt. » Il le faut assurément, pour connaître au juste le poids des charges que les services publics font peser sur le peuple français, l'étendue du prélèvement qu'ils opèreront sur les fruits de son travail, sur ses économies péniblement amassées. Je l'avais nettement énoncé dans le BILAN. Si je n'y ai pas fait l'addition, c'est que je ne voulais me servir que de documents précis et annuels. Les finances communales ne sont officiellement relevées qu'à de longs intervalles. Le dernier relevé porte sur l'année 1862 ; il n'en avait pas été fait depuis l'année 1836.

VIII

Puisque vous m'invitez à réparer l'omission, je n'hésite pas un instant. Nous nous en tiendrons, faute de mieux, au relevé de 1862 (1). Il porte les dépenses ordinaires des communes à 257 millions et les dépenses extraordinaires à un peu plus de 193 millions de francs (2), soit, ensemble, 450.² millions. Ce total ne comprend pas les trois départements annexés en 1859; c'est, proportionnellement au chiffre des habitants, dix millions de francs à ajouter. Il ne comprend pas non plus les dépenses de la ville de Paris; elles ont, en 1862, dépassé le chiffre de cent et soixante-cinq millions. Cela fait un total de six cent et quinze millions pour l'année 1862. Il faut, pour avoir le chiffre de l'année 1868 où nous sommes, tenir compte encore de l'accroissement incontestable que les dépenses communales ont éprouvé dans l'intervalle. Mettons, tout naïf que cela paraisse, que la progression ne soit pas devenue plus forte, proportionnellement, que dans l'espace de temps qui séparait les deux relevés officiels. De 1836 à 1862, en vingt-six ans, les dépenses communales s'étaient accrues de 285 0/0 (3). Cela donne, pour six années (1862-68), un accroissement nouveau de soixante-six pour cent. C'est une somme de 405 millions à ajouter aux 615 millions que les dépenses communales réclamaient en 1862.

Pour quiconque sait additionner, cela fait le joli total de un milliard vingt millions par an. Il ne s'agit, bien entendu, que des dépenses en argent; je laisse de côté les prestations et autres charges en nature : je ne les saurais chiffrer avec quelque précision. Mais, il faut ajouter, d'autre part, les dépenses départementales. Entre 1845 et 1856, elles étaient montées de 90.⁶ millions à 110.³ millions, quoique, dans l'intervalle, environ une dizaine de millions ait été enlevée du budget départemental (prisons notamment) pour être mise à la charge du budget général. Voilà, en onze ans, une augmentation de trente-trois pour cent (4). Admettons que la progression

(1) Rapport à l'Empereur, inséré dans le *Moniteur* du 8 juillet 1865.
(2) Chiffre précis : 256,954,494, et respectivement : 193,283,420.
(3) Voici les chiffres officiels :

Paris................	42.062.049 fr.	165.610.393 fr.
Autres communes......	117.793.130	450.238.368
Ensemble.........	159.855.179 fr.	615.848.761 fr.

Soit une augmentation de 455,993,582 fr. ou de 285 0/0.
(4) Block, *Statistique de la France*, I, 462.

n'ait pas été plus forte dans la période duo-décennale suivante; ce sera trente-six pour cent, soit quarante millions de francs à ajouter au chiffre atteint en 1856. Les dépenses départementales alors se montent, pour 1868, à cent cinquante millions de francs pour le moins : on trouvera l'évaluation fort modeste, quand l'on sait que le seul département de la Seine dépense au delà de vingt millions de francs par an, malgré les budgets si formidables de l'Etat et de la ville qui lui profitent largement.

Ainsi, les dépenses départementales et communales que l'exemple donné par l'Etat ainsi que l'impulsion émanée de la ville de Paris et du département de la Seine enflaient et enflent si démesurément, imposent aux populations françaises une charge annuelle de mille cent et soixante-dix millions de francs. Déduisons-en les deux cent cinquante millions ayant déjà figuré aux dépenses de l'Etat, qui les encaisse pour les départements et communes et les verse en leurs mains; ou si vous aimez mieux, déduisons les, avec M. Vitu, des deux milliards deux cent quarante-deux millions du budget général, pour les laisser au compte des budgets départemental et communal. Le résultat est le même. Dans le premier cas, nous avons : 1,992+1,170 millions, dans l'autre : 2,242+920 millions; c'est toujours une charge annuelle de plus de *trois milliards cent et soixante millions* qui pèse sur les populations françaises. Cette charge énorme, elles la doivent surtout à l'exagération des dépenses de guerre par l'Etat, à l'exagération insensée des travaux d'inutilité publique, par l'État, les départements et les communes; elles la doivent — et c'est le nœud du problême—au régime plus ou moins personnel qui a tout envahi et qui seul rend possibles ces folles dépenses, en permettant de disposer des deniers des contribuables avec ou contre leur gré.

Evidemment, M. Rouher et M. Vitu ont raison quand ils disent que les chiffres du BILAN manquent d'exactitude. Nous nous sommes trompés de moitié en ne portant qu'à deux milliards soixante-dix millions de francs la charge annuelle pour 1852-66, ou qu'à deux milliards deux cents millions pour la période quinquennale de 1862 à 1866. Nous demandons pardon au pays d'avoir si mal établi le compte de ses charges publiques, et au gouvernement de l'avoir fait apparaître moins « cher » qu'il ne l'est en réalité.

IX

A vrai dire, je ne suis pas certain d'avoir tout compté; il y aurait encore un joli denier à ajouter : nous y reviendrons (§ XII). Restons-en pour le moment au chiffre bien respectable déjà de trois milliards cent-soixante millions. Est-ce bien la peine, après cela, de discuter avec M. Rouher et M. Vitu sur la dernière « déduction » qu'ils réclament et qui serait, pour 1866, de cent et vingt-sept millions? Il s'agit de la dotation de l'amortissement. Elle est, fait-on remarquer, purement nominale; l'Empire n'amortit point. Soit; la dépense annuelle se trouverait alors réduite à 3 milliards trente-trois millions; pour la période entière de 1852 à 1866, où la « déduction » réclamée de ce chef serait de un milliard sept cent soixante-quinze millions, le total des dépenses publiques de toutes natures descendrait à quarante-cinq milliards, chiffre rond. Le chiffre est bien formidable encore; il dépasse de la moitié le total qu'indiquait le Bilan de l'Empire. Une seule remarque, toutefois, sur ce chapitre, auquel nos contradicteurs s'arrêtent si complaisamment.

La loi du 10 juin 1833 sur l'amortissement, et toutes les lois d'emprunts votées depuis, imposaient à l'Etat l'obligation vis-à-vis de lui-même et l'engagement vis-à-vis de ses créanciers, de consacrer chaque année à l'amortissement de ses dettes une somme égale à un pour cent de leur montant. L'allocation pour faire honneur à cet engagement sacré a-t-elle été faite par le pays? Oui; elle figurait chaque année en tête du budget, hors cadre, comme l'une des obligations les plus impérieuses à remplir. Avez-vous donné à cette allocation l'emploi prescrit? Non; en quinze ans, vous n'avez consacré à l'amortissement que cinquante-quatre millions, tandis que un milliard sept cent et soixant-quinze millions de francs ont, sur ces allocations, été dévorés par les dépenses courantes, ordinaires et extraordinaires, du budget. Qu'à la rigueur l'on excuse un pareil procédé, prétextant des nécessités impérieuses qui l'auraient imposé, je le comprendrais; que l'on s'en vante, que l'on s'en glorifie, comme d'une économie procurée aux intéressés, comme d'un titre à leur gratitude, voilà ce qui réellement me passe!

Un tuteur, dans l'héritage qu'il est appelé à administrer, trouve une dette de cent mille francs, à amortir par dix annuités; les revenus non-seulement permettent cet amortissement : de par le testament, une partie des revenus y est spécialement affectée. Les dix ans passent. Le moment est arrivé pour la reddition des comptes; l'héritage, en sus de l'ancienne dette, se trouve grevé d'autres deux cent mille francs. Le front haut et le sourire sur les lèvres, le tuteur dit à son pupille : « Voyez, mon jeune ami, avec quelle économie j'ai géré votre fortune! Votre père dépensait follement dix mille francs par an à amortir ses dettes; moi, pendant dix ans, je ne vous ai pas dépensé un sou pour cette destination. Il est vrai que vous restez devoir les cent mille francs qui pouvaient aujourd'hui être amortis ; il est vrai que vos revenus n'en ont pas moins été mangés en totalité, et que, de plus, votre immeuble est chargé d'une nouvelle dette de deux cent mille francs ; mais, songez-donc, grâce à moi, pendant dix ans vous n'avez pas dépensé un centime pour amortissement ! » Le pupille, fort probablement, ne sera guère empressé de témoigner son admiration reconnaissante au tuteur.

Lorsque le pupille s'appelle Jacques Bonhomme et qu'il s'agit de centaines de millions ainsi « économisées, » on lui demande de tresser au tuteur des couronnes civiques et de lui décerner le grand-prix d'économie financière.

X

Il y a moyen d'ailleurs de s'entendre, de vérifier. La dépense fictive de l'amortissement, dites-vous, enflait démesurément les budgets que résumait le Bilan de l'Empire. Aujourd'hui, cette cause d'altération n'existe plus. La loi du 10 juin 1833 qui vous imposait les fortes et croissantes allocations pour l'amortissement qu'ensuite vous dépensiez ailleurs, a cessé d'être en vigueur. Vous lui avez substitué la loi du 14 juillet 1866 ; elle prétend, en réduisant l'amortissement aux proportions les plus modestes, le rendre effectif (1). Le nouveau régime a commencé à fonctionner en 1867. Le compte de cet exercice ne sera donc plus affecté par la dépense apparente de l'amortissement ; tout y est sérieux, positif. Etudions sur cette année 1867, au seuil de laquelle le Bilan s'était arrêté, le montant des dépenses annuelles de la France impériale.

Les premières lois des finances (18 juillet 1866) avaient porté les dépenses de 1867 aux chiffres que voici : — budget ordinaire, 1 milliard 523 millions 178,181 fr. ; — budget sur ressources spéciales, 245 millions 878,988 fr. ; — budget de la caisse d'amortissement, 75 millions 646,000 fr. ; — budget extraordinaire, 133 millions 104,101 fr. — La loi du 3 août 1867 y ajoutait (nous tenons compte de 13 millions de francs d'annulations de crédit) 101 millions 94,438 francs de crédits supplémentaires. Une autre loi, promulguée le même jour, accordait un crédit extraordinaire de 158 millions 592,719 francs. Enfin, un projet de loi présenté le 9 mars 1868,

(1) La Caisse d'amortissement, grâce à cette loi, a désormais son budget *spécial*, d'environ 75 millions par an, avec lequel elle pourvoie à diverses charges budgétaires, notamment à la subvention due aux Compagnies de chemins de fer du chef de la garantie d'intérêt ; la dépense pour l'amortissement ne dépasse pas une vingtaine de millions.

demande un dernier supplément de crédit qui, en tenant compte
des annulations promises, ne sera que de 1 million 634,481 francs.

Additionnons :

Lois du 18 juillet 1866	1,977,807,370 fr.
Lois du 3 août 1867	259,687,157
Projet de loi du 9 mars 1868 . .	1,634,481

Soit, comme prévision (le *règlement* ne viendra que l'année pro-
chaine), une somme de dépenses de deux milliards deux cent et
trente-neuf millions. Rien à déduire, cette fois, pour la dotation
fictive de l'amortissement ; elle n'existe plus. Je vous laisse « déduire »
la totalité du budget sur ressources spéciales, qui est de 246 millions. Je vous accorde encore, si contestable que soit la demande
(§ VII), la totalité des autres « déductions » que vous aviez réclamées sur le budget de 1866 : trente-sept millions. La charge effective du budget général, pour 1867, s'abaisse ainsi à 1 milliard
956 millions. Ajoutez les onze cent soixante-dix millions des
dépenses départementales et communales ; les charges publiques
des populations françaises arrivent à 3 milliards 122 millions. Dé-
falquons-en les 126 millions déjà écartés dans le Bilan (p. 8)
comme n'étant pas un impôt, mais le prix d'une marchandise
(tabacs, poudres) ou d'un service (postes, télégraphes) ; nous en
sommes encore, comme dépense réelle, à trois milliards de francs.

Ainsi, en maintenant toutes les « déductions » que le Bilan avai
lui-même proposées sur les dépenses, en accordant toutes celles
que réclament M. Rouher, M. Vitu et autres, il reste toujours une
dépense annuelle de trois milliards par an, dépense très-effective
qui représente le coût des services publics et à laquelle le peuple
français est appelé à pourvoir.

XI

« Mais l'impôt n'y pourvoit pas seul ! » répondent les plaideurs.
C'est la thèse de réserve, qu'ils mettent en avant quand celle du pré-
tendu fictif des dépenses est percée à jour. Et M. Rouher, dans son
discours du 19 mai dernier, et M. Vitu dans sa « *Réponse au pamphlet de M. Horn,* » bien d'autres orateurs et écrivains ministériels
avec eux, s'appliquent à démontrer que l'État ne demande pas à l'impôt la totalité des voies et moyens. D'autres ressources en fourni-
raient une partie ; cela diminuerait d'autant la quote-part des contribuables.

A propos de l'une des mesures fiscales les plus violentes de l'abbé

Terray, des victimes qui réclament s'écrient, à bout d'arguments et de patience : « Mais c'est prendre l'argent dans nos poches ! » Et le fameux abbé-ministre de Louis XV à répondre avec le plus grand phlegme : *Où voulez-vous donc que j'en prenne ?* C'est logique; c'est franc. Les successeurs de l'abbé Terray voudraient se persuader ou nous persuader que l'Etat peut dépenser, sans puiser l'argent dans la bourse des contribuables. Voyons de près la merveille.

M. Vitu veut bien signaler dans les comptes de 1866 les ressources « autres » qui se partageraient avec le contribuable français la charge de pourvoir aux dépenses croissantes de nos budgets. Voici ces revenus accessoires de l'exercice 1866 et qui se retrouveraient à peu près dans le budget de recettes de chaque année :

1° Fonds reportés d'exercices précédents. . .	36,716,802 fr.
2° Rendement des forêts et domaines . . .	60,411,247
3° Recettes-extraordinaires	58,063,731
4° Produits et revenus divers.	77,272,139

Soit environ 232 millions et demi que les contribuables n'auraient pas eu à fournir sur les charges de l'exercice 1866. C'est un joli denier. Malheureusement, il y a plus d'apparent que de réel. Un rapide examen de ces prétendues ressources suffira pour dissiper le mirage.

Ainsi, sur les fonds « reportés » (nr. 1°) il y a 12.^{2} millions provenant de l'excédant qu'aurait laissé le budget général de 1865. Qu'est-ce que cet excédant? Les lois des finances du 8 juin 1864 avaient autorisé des dépenses jusqu'à concurrence de 2 milliards 99.^{3} millions. Ultérieurement, l'administration dut demander et obtint des « rectifications » qui ont accru les crédits d'environ 133 millions. Et parce qu'elle n'a pas pu jusqu'à la clôture de l'exercice « consommer » la totalité de ces crédits supplémentaires et qu'un solde de 12 millions a été reporté à l'exercice 1866, l'on vient nous parler de ressources « propres » de cet exercice, des revenus qui ne seraient pas fournis par les contribuables? A ce compte, vous n'aviez qu'à faire voter en 1865 deux milliards de suppléments, que vous auriez reportés comme « excédant » à l'exercice 1866 ! Les contribuables alors n'auraient rien eu à fournir en 1866 : ils avaient tout fourni d'avance. Est-ce sérieux?

Tout aussi peu sérieux est le cadeau de 77.^{3} millions que nous ferait le chapitre des « produits et revenus divers » (nr. 4). Ce chapitre renferme bien une recette qui n'est pas fournie directement par le contribuable français : l'impôt algérien (16.^{5} millions de rentrées effectives). Est-ce une raison pour présenter le total du chapitre comme alimenté par d'autres sources que des prélèvements sur le revenu des populations françaises ? Non assurément. Qui donc fournit lles produits universitaires? Qui donc supporte les retenus? Qui donc paie la redevance des mines? la vérification des poids et mesures? la taxe des brevets d'invention? les 7.³ millions que vous verse la Caisse de la dotation de l'armée? Tout cela est fourni, pour les dix-neuf vingtièmes du moins, par le contribuable français. Le changement d'étiquette ne change point la provenance effective.

Et les 58 millions de « recettes extraordinaires » (nr. 3)? Il suffira de dire que dans le budget primitif de 1866, la moitié presque (25 millions) de cette somme devait provenir de la fameuse annuité mexicaine; une somme pas beaucoup moindre (21.⁸ millions) était obtenue par la rançon si contestée que le gouvernement s'est plu de prélever inopinément sur la Caisse de la dotation de l'armée; il la trouvait trop bien pourvue. On sait ce que sont devenus les 25 millions du Mexique. Qu'une politique intelligente nous préserve à jamais de pareilles « ressources! » Des « soulagements » de cette nature nous auraient vite ruinés. On a suppléé, dans le budget rectificatif, à la « ressource » mexicaine qui s'évanouissait, par 9.⁵ millions de « fonds de concours pour travaux publics » et par la première annuité de la Société algérienne, achetée on sait au prix de quelles concessions de terrain et autres. Ici encore, nous n'avons qu'à demander : qui paie en fin de compte? Qui fournit ces « autres » ressources? La question ne comporte qu'une seule réponse : la gent contribuable française.

Restent les 60 millions et demi tirés des domaines et forêts (nr. 2). Je ne veux guère examiner (la disgression pourrait devenir trop longue) si réellement les domaines et revenus « appartiènnent » à l'Etat, et surtout s'ils appartiennent à l'Etat-gouvernement et pas plutôt à l'Etat-société. On pourrait constater aussi que, sur les 12.⁶ millions tirés des domaines, près de dix millions sont le produit de *ventes :* recette accidentelle, obtenue par l'amoindrissement du fonds. On pourrait rappeler encore qu'en forçant la vente du bois (38.³ millions en 1866) pour se créer des ressources « autres, » l'on n'arrive pas seulement à tarir la source de ce revenu; on hâte et l'on généralise les dangers si graves et si coûteux qu'entraînent les déboisements.

Ne chicanons pas. Admettons que les forêts et les domaines puissent, sans inconvénient, fournir couramment les deux tiers du revenu qui leur a été demandé en 1866, soit 40 millions. Admettons que l'Algérie, le Japon, la Chine et la Cochinchine fournissent année moyenne un quart en plus qu'elles n'ont fourni, en 1866, soit 25 millions. Mettons, et c'est être bien large, que dans les autres « produits et revenus divers » il y ait encore une somme égale de

recettes ne provenant pas de l'impôt. Supposons enfin, si fantastique·
que cela paraisse, qu'il y ait année moyenne pour 30 millions de·
« reports » d'exercices précédents. Tout cela nous constitue,
année moyenne, cent millions de ressources « autres, » c'est-à-dire
que le domaine national et le hasard daignent contribuer pour
cent millions aux charges que les services publics imposent aux contribuables français.

XII

Cent millions de ressources « autres : » la belle affaire ! Moins que
la trentième partie du total de nos dépenses publiques, la vingtième
à peine du budget de l'État. Toutefois, dès que l'on compte les ressources « autres, » il faut bien se souvenir aussi des charges « autres, »
de celles qui ne consistent pas en une dépense directe d'argent et,
par conséquent, ne sont pas comprises dans les comptes des finances. Je ne signalerai qu'une seule charge de cette nature : la conscription.

Dans les récents débats financiers, on a souvent mis en parallèle
les budgets de guerre de l'Angleterre et de la France. On pourrait
rappeler, il est vrai, que la Grande-Bretagne a cent cinquante millions de « sujets » non anglais à contenir et d'immenses territoires
plus ou moins conquis à défendre; on pourrait signaler encore la
différence notable qui existe entre les deux pays par rapport à la
« valeur » de l'argent : vingt-cinq francs comptent beaucoup plus,
en deçà de la Manche, qu'une guinée au delà, quoiqu'il y ait, arith-
métiquement, équivalence presque complète. Ce n'est pas le moment
de poursuivre cette étude comparative. Nous tenons seulement à
faire remarquer que, toutes choses supposées égales, il reste l'énorme
différence que voici : En Angleterre, la dépense budgétaire exprime
l'intégralité des charges que le système défensif impose au pays,
puisqu'elle englobe le prix d'acquisition même (enrôlement) des soldats; il n'en est guère ainsi en France, où les populations, en sus
des sommes réclamées pour l'entretien de l'armée, ont à fournir, par
la conscription, cette armée elle-même.

Le montant en argent de cette surcharge n'est pas fort difficile à
déterminer. Je ne parle pas, bien entendu, de la perte inchiffrable
causée à la communauté économique par un régime qui, année par
année, arrache les jeunes gens les plus viriles à leurs foyers, à leurs
travaux, à leurs études. Je pense uniquement à chiffrer la surcharge
directe imposée aux familles qu'atteint la conscription. Le prix du
remplaçant, depuis plusieurs années, est officiellement fixé et main-

tenu à 2,500 francs : c'est l'équivalent en argent du service demandé à chaque conscrit, et que les uns acquittent en argent, les moins fortunés en nature. A raison de cent mille recrues par an, cela constituerait une surcharge, dont il n'y a pas trace dans le budget, de deux cent et cinquante millions de francs par an.

Soyons large et portons au double du chiffre moyen (10,000), le nombre des conscrits exemptés en vertu de l'article 14 de la loi de 1832. Restent quatre-vingt mille recrues astreintes au service. La perte ou la surcharge, exprimée en argent, s'établit alors à deux cents millions par an : c'est une charge « autre » à ajouter aux trois milliards de francs que les divers budgets demandent aux contribuables français.

Compensons, si vous l'agréez. Voilà 200 millions des charges « autres » à ajouter aux trois milliards budgétaires, et il y a 100 millions à déduire, comme étant fournis par des ressources « autres. » Reste, comme charge effective incombant aux contribuables : trois milliards et cent millions. Voulez-vous plus ? Soit. J'admets en compensation la presque totalité, soit 200 millions, de vos ressources « autres. » La charge nette, effective, des contribuables, se chiffre encore à *trois milliards !*

De toutes façons donc, l'on retrouve ce formidable chiffre de TROIS MILLE MILLIONS comme expression des dépenses effectives, d'une part, et des charges, d'autre part, qui incombent aux contribuables français. A cette question inscrite en tête de notre dernier écrit : *Qu'est-ce que nous coûte l'Empire ?* il faut décidément répondre : TROIS MILLIARDS PAR AN, *pour le moins !*

XIII

Combien en sont-ils, des contribuables, pour soulever et porter ce lourd fardeau ? Le recensement de 1861 avait trouvé la population française groupée en 9 millions 747,029 « ménages ; » pour 1866, vu l'augmentation survenue dans le nombre des habitants, ce serait environ 9 millions 940,000 ménages. Il y a, toutefois, dans le nombre, douze cent mille ménages « solitaires. » Le ménage qui ne comprend qu'une seule personne, c'est le ménage du célibataire pauvre (ouvrier, commis, employé, etc,); le célibataire aisé a un domestique. C'est le ménage de l'ouvrière honnête ; l'autre a un « ami » ou une « bonne » avec elle. C'est encore le ménage du veuf pauvre, de la veuve pauvre ; riches ou simplement aisées, ils vivent chez leurs enfants ou en ont avec eux. Je persiste à croire, et sur cette base j'avais calculé dans le BILAN, que ces ménages solitaires « contri-

buent » médiocrement, et que, sous ce rapport, deux « ménages »
valent à peine une « famille, » composée en moyenne de quatre per-
sonnes.

M. Vitu, lui, ne l'admet pas. Il crie, lamente, raille, plaisante sur
la « suppression de six cent mille familles pour'cause de solitude. »
N'attristons pas son bon cœur ; comptons les douze cent mille ménages solitaires comme autant de familles. Les charges publiques
alors ne se répartiront plus entre 9 millions 327,000 familles seulement ; il y aura 9 millions 939,189 parties prenantes. Nous serons
plus large encore. Pour arrondir, nous concédons à M. Vitu une
augmentation de soixante mille familles. Il ne se plaindra pas cette
fois, je l'espère.

C'est entendu : il y a en France, de par la grâce de M. Horn, dix
millions de familles au complet, et elles sont, de par la générosité de
M. Vitu, toutes en mesure de contribuer aux dépenses publiques.
Répartissons entre elles les trois mille millions d'effectives charges
budgétaires ; la quote-part est de trois cents francs par famille.

Et voilà le BILAN DE L'EMPIRE convaincu encore une fois d'erreur,
d'optimisme systématique. Il n'avait parlé que de 240 à 250 francs.
Malgré toutes les concessions qui viennent d'enfler le nombre des
parties prenantes, *les budgets demandent en réalité* TROIS CENTS FRANCS
par an à chaque famille française.

XIV

On se récriera peut-être sur l'énormité de cette contribution. Ce
ne peuvent être que des routiniers ; ils en sont encore à croire que
l'impôt est une charge ! « Nous avons changé tout cela. » Que faut-il,
dans notre bienheureuse France, pour acquitter les 300 francs que
les budgets demandent annuellement à chaque famille ? Rien, moins
que rien : vivre, et bien vivre ! C'est M. Vitu, si souverainement
officieux, qui l'affirme, et le MONITEUR UNIVERSEL, en reproduisant la « Réponse au pamphlet de M. Horn », le confirme : « *Il
suffit au contribuable de manger, de boire, de fumer, de chasser...
pour acquitter les trois quarts de sa quote-part d'impôts !* »

L'adorable recette ! Vous êtes employé, commis, ouvrier, artisan à
Paris. Vous gagnez de quinze à dix-huit cents francs, qui doivent
faire vivre toute une famille. Vous trouvez dur de donner, sur ce
maigre revenu, trois cents francs au fisc ; la chose vous paraît presque
impossible. Mais, mon ami, ne vous en préoccupez donc pas tant que
cela ! Vous n'avez qu'à prendre un modeste appartement de seize
cents francs : à raison de 9 p. 100 d'impôt de loyer, vous paierez

d'un seul coup la moitié presque de votre quote-part. Faites ensuite venir deux pièces de vin, dont le droit d'entrée est de quarante-cinq francs la pièce, et consommez seulement pour soixante francs de tabac ordinaire, sur lequel l'État gagne 400 p. 100 : le tour est joué. Moyennant trois petits articles, qui ne vous coûtent en tout que 2,000 à 2,200 fr., vous avez rempli votre devoir de citoyen contribuable. Les trois cents francs de rigueur ont passé de votre poche dans la caisse du fisc ; le percepteur n'a plus rien à vous réclamer.

Il faudrait avoir le cœur bien méchant et l'esprit fort mal tourné pour se plaindre en présence de pareilles « facilités de paiement. » Mangeons, buvons, fumons, chassons, le tout bien largement, et les trois quarts des impôts seront payés ; un petit « extra » fera le reste.

Une chose pour moi est évidente : si, malgré l'inénarrable charme de cette manière de « contribuer, » tant de gens en France persistent à ne pas adorer le fisc, c'est que l'on est encore trop généralement sous l'impression de vues surannées sur son maniement. On continue à le regarder comme un exploitant intéressé qui soutire leurs épargnes aux contribuables pour s'enrichir, pour thésauriser, pour remplir ses caisses en vidant leurs bahuts. Rien n'est moins conforme à la réalité du jour. C'est M. Vitu qui nous le dit, et les deux *Moniteurs*, le grand et le petit, le répétent : « *L'État ne garde rien ; tout ce qui entre dans ses caisses en ressort à l'instant !...* »

D'aucuns s'en doutaient, à vrai dire. Peut-être est-ce à cause de cela précisément que le pays murmure contre la trop forte aspiration du fisc ; on n'aime pas emplir les tonneaux des Danaïdes, surtout quand il faut y mettre et sa sueur et son sang. N'importe. Il n'en reste pas moins acquis pour tout homme qui a foi dans les assurances officieuses, que, chez nous, le peuple acquitte les impôts sans rien payer, et l'État les perçoit sans rien garder. Heureuse organisation !

XV

Parlons sérieusement. La question est grave. Le sort de milliers et de milliers de familles est en jeu.

Sur les dix millions de « ménages » qui composent la population française, il y en a huit millions peut-être dont le revenu ne dépasse pas mille à douze cents francs par an, et on demande en moyenne trois cents francs de contributions de toutes natures ! Mais c'est condamner la plupart des familles aux privations les plus dures ; c'est perpétuer la gêne chez les unes, engendrer la misère chez les autres ;

c'est les réduire à la portion congrue de la vie végétative ! Et vous croyez qu'un tel état de choses puisse rester sans influence sur l'état physique et moral du pays ; qu'il puisse ne pas miner et altérer le développement économique et social du pays ; qu'il puisse ne pas affecter les dispositions d'esprit des citoyens ? Autant dire que l'éternelle connexité entre cause et effet est supprimée par un coup de décret.

Je ne veux point reproduire ici les chiffres et les considérations développés dans le BILAN et qui m'avaient fait porter, pour la grande majorité, le revenu (1) de la famille française à mille francs par an. Je maintiens l'évaluation ; personne ne l'a sérieusement contestée. M. Vitu lui-même, forcément et fortement optimiste, l'admet exacte pour près de six millions et demi de familles. Elle est assurément supérieure plutôt qu'inférieure à la réalité des choses, lorsque, dans le total des familles, l'on comprend sur le pied d'égalité les douze cent mille ménages solitaires (§ XIII) : parmi eux, il y a peut-être quelques centaines de mille d'ouvrières qui gagnent vingt-cinq sous par jour, soit 375 fr. pour trois cents jours de travail annuel ; autant de veufs peut-être et de veuves qui vivent de deux ou trois cents francs de rente annuelle, ou des dix à vingt francs qu'ils arrachent chaque semaine à la charité publique et privée.

Est-il possible que, en face d'un revenu moyen de mille francs, réclamé par tant de besoins impérieux, un prélèvement moyen de trois cents francs pour le seul impôt ne soit pas jugé excessif, écrasant, appauvrissant au point de tarir les sources même de l'impôt ? Le prélèvement paraîtra d'autant plus exagéré, que, grâce à la prédominance de l'impôt indirect dans notre système financier, la répartition des charges publiques est progressive à rebours : le pauvre paie relativement plus que l'homme aisé, et l'homme aisé contribue relativement plus que le riche. Le fait est trop patent, trop connu, pour qu'il soit nécessaire d'insister.

XVI

Faisons abstraction, pour un moment, de la répartition. Prenons l'impôt en bloc et mettons-le en parallèle avec le revenu en bloc. Ce sera une sorte de contre-épreuve pour nos précédentes évaluations et assertions. Les données précises manquent, il est vrai, sur le re-

---

(1) J'entends par « revenu » tout ce qui reste après défalcation des frais de production proprement dits. L'ouvrière qui « gagne » 25 sous par jour pour un travail où elle a dépensé 5 sous d'aiguilles, de fils, etc., a un « revenu » de 20 sous ; l'industriel qui vend pour 100,000 fr. de ses produits qui lui ont coûté 90,000 fr. en matières premières, loyer industriel, salaires, etc., a un « revenu » de 10,000 fr. par an.

venu annuel de la nation française ; nous avons, toutefois, pour point d'appui, des évaluations plus ou moins exactes et lesquelles, en tous cas, ne seront pas suspectes d'amoindrissement calculé.

Dans un discours prononcé à La Villette, M. de Forcade La Roquette, ministre de l'agriculture, du commerce et des travaux publics, estimait la production agricole de la France à quinze milliards par an. A l'occasion du récent débat sur la liberté commerciale, M. Rouher, ministre d'Etat, portait notre production industrielle, en spécialisant la quote-part de chaque grande industrie, à trois milliards de francs, chiffre maximum à son idée (12 mai 1860) ; M. Auguste Chevalier croyait devoir ajouter un milliard pour les arts et métiers.

Les interruptions de la Chambre taxaient ces chiffres d'exagérés. Soyons moins difficiles : admettons toutes ces évaluations. Ajoutons même un milliard, pour des industries et des sources de revenus qui ont pu être oubliées. Cela donne une production totale de vingt milliards par an : le chiffre concorde avec les estimations des hommes les mieux autorisés qui oscillent entre seize à vingt milliards. A l'appui de cette estimation, on pourrait rappeler que notre exportation *spéciale*, c'est-à-dire de produits réellement français, ne dépasse guère deux milliards de francs par an ; évaluer la production à plus de vingt milliards serait donc dire que nous n'exportons pas même la dixième partie de nos produits : la chose est peu croyable. Tout conduit ainsi à admettre comme relativement exacte l'estimation qui porte la production annuelle de la France à vingt milliards de francs.

Quel revenu peut donner une production de vingt milliards ? C'est, il nous semble, être fort réservé que de déduire le quart seulement pour matières premières, semences, constructions, pour usure de machines, d'outils et pour autres dépenses indispensables que toute production doit couvrir avant qu'il puisse être parlé de revenu, net ou brut.

Ceci admis, une production annuelle de 20 milliards laissera au maximum un revenu de 15 milliards : intérêts, salaires, appointements, bénéfices. Quinze milliards de revenu annuel distribués entre dix millions de familles, quelle est la quote-part de chacune ? 1,500 fr. juste, si le partage était égal. Or, puisqu'il y a des centaines de mille de familles qui touchent le décuple, le centuple de ce revenu, et au-delà, la quote-part de l'immense majorité restante des familles ne peut évidemment être que de deux tiers, tout au plus de trois quarts de la moyenne générale, soit : mille à douze cents francs. D'autre part, lorsque sur un revenu annuel de quinze milliards vous prélevez trois milliards pour les services publics, l'impôt évidemment prend

20 p. 100 sur la totalité de nos ressources. Or, puisque l'impôt chez nous est progressif à rebours, la moyenne générale de 20 p. 100 doit se décomposer ainsi : le riche reste fort au-dessous de cette proportion ; l'homme aisé s'en écarte peu ; les masses peu fortunées la dépassent largement. En mettant que, sous toutes formes et prétextes, la première classe est « imposée » à raison de 15 francs par cent francs de revenu annuel, la seconde à raison de 20 p. 100, et la troisième à raison de 25 p. 100, nous restons probablement, en ce qui touche la dernière classe, fort au-dessous de la triste réalité.

Ainsi calculez comme bon vous semble, toujours vous aboutissez à ce résultat : l'impôt demande considérablement aux riches ; il prend trop aux hommes aisés ; il est écrasant pour la masse peu fortunée ; il enlève à celle-ci le quart au moins d'un revenu, dont l'intégralité suffirait à peine pour la faire vivre convenablement.

XVII

Si, pour le moins, les immenses sommes prélevées sur le revenu de tous et de chacun, prélevées en majeure partie sur le fruit du travail populaire, trouvaient un emploi utile, libéral ! On sait ce qu'il en est ; nous-même l'avons dit avec détail dans le BILAN DE L'EMPIRE. Nous ne nous arrêterons aujourd'hui, et un moment seulement, qu'à la dépense la plus grosse, et, à tous égards, la moins productive, la moins démocratique : la dépense pour la guerre et la marine..

Le BILAN avait fait voir que, dans les quinze premières années de l'Empire (1852 à 1866), les ministères de la guerre et de la marine avaient absorbé : l'un 7 milliards 204 millions, l'autre 2 milliards 880 millions ; ensemble 10 milliards et 84 millions : c'est une moyenne de 670 millions par an. Conteste-t-on ce chiffre ? C'est impossible ; on ne le tente guère. Il a cessé pourtant d'être vrai. C'est du passé. On fait mieux aujourd'hui ; nous sommes en progrès continu. Ainsi, pour l'année 1867 et pour celle en cours d'exercice, les deux ministères qui nous occupent réclament les sommes que voici :

	1867.	1868.
Dépenses ordinaires,	506,276,279 fr.	520,884,720 fr.
— extraordinaires,	38,197,201	51,897,201
— supplémentaires,	160,227,200	141,270,982

soit ensemble près de 1 milliard 415 millions pour les deux années, ou une moyenne annuelle de sept cent sept millions et demi de francs.

Est-ce tout ? Il s'en faut bien, hélas ! Pour être vrai, il faudrait encore mettre au compte de ces deux ministères, la presque totalité des charges annuelles que nous impose la dette publique : tous nos emprunts ou à peu près ont pour cause et pour origine les exigences de la guerre et de la marine. Ne leur comptons que les trois quarts de la dépense effective que réclament aujourd'hui l'intérêt, l'administration et l'amortissement de la dette : ce sera 300 millions de francs par an à ajouter aux 707 millions de charges directes. Il faut enfin tenir compte des 200 millions de francs de charges indirectes que la guerre et la marine imposent annuellement aux populations (§ XII). Le total s'établit, chiffre rond, à douze cents millions de francs.

Un milliard et deux cents millions ! C'est les deux cinquièmes de tous nos budgets annuels ; c'est plus que la moitié du budget général ou du budget de l'Etat proprement dit. C'est la subsistance de douze cent mille familles, ou de près de cinq millions de citoyens français. C'est pour chaque « ménage » français une charge annuelle de cent vingt francs ! Qui oserait dire que ce n'est pas beaucoup trop ?

Les officieux ne s'en émeuvent guère. « Qu'importe le montant de la dépense ! » nous répond M. Vitu, et répètent après lui le grand *Moniteur* et le petit. « Qu'importe ! Croyez-vous par hasard que les ministres de la guerre et de la marine enfouissent dans la cale des navires et dans la gueule des canons les sept cents millions qu'ils tirent annuellement de vos poches ? Ou supposez-vous que les soldats et les marins avalent tout crus les 124 millions d'écus que vous fournissez ? Point du tout. Ces millions sont employés à payer la solde, la nourriture, le vêtement et l'entretien de cinq cent mille hommes, à solder l'achat des matériaux, de fer, de bois, de cordages, de chevaux ! De quoi alors te plains-tu, Jacques Bonhomme ? Mais, à genoux tu devrais remercier pour cette ingénieuse création des budgets de la guerre et de la marine : c'est *une machine d'irrigation qui répartit et disperse dans toutes les branches de l'activité nationale une partie des capitaux prélevés sur la masse des contribuables !* »

La « machine d'irrigation » est assurément l'une des facéties les plus ingénieuses qui ait encore été commise dans la défense de la paix cuirassée. Mais si la France « est assez riche pour payer sa gloire », l'est-elle assez aussi pour payer sept cents millions de francs par an la machinerie même la plus merveilleuse ? Je ne le crois guère. Je crois, par contre, qu'il n'est point permis, tout écrivain officieux que l'on soit, de se moquer aussi impudemment et du contribuable français et du bon sens.

Une seule remarque suffira, je pense, pour faire toucher du doigt l'absurdité de ce sophisme suranné. A supposer que cent mille familles, intéressées dans les fournitures et les commandes diverses des ministères de la guerre et de la marine, participent dans la « répartition » qu'opère votre « machine d'irrigation » : où reste la compensation pour les autres neuf millions et neuf cent mille familles françaises, qui ont dû *contribuer* aussi largement que les autres, et toutes fort largement? La vérité vraie est que, à l'égard même de cette centième partie des contribuables que les ministres de la guerre et de la marine « font travailler, » l'avantage et la compensation n'existent qu'en apparence.

Taileur de mon état, ou cordonnier, ou chapelier, ou passementier, ou armurier, j'ai gagné par trente journées de travail les cent francs que je dois « contribuer » annuellement aux dépenses de la guerre et de la marine. A supposer que vous me les fassiez gagner à nouveau par votre commande, j'aurai tout simplement travaillé *deux* fois pour un seul gain! Si vous ne m'aviez pas pris les cent francs, ou j'aurais été dispensé de faire ce nouveau travail, ou, si je le faisais, je gardais les cent francs et les employais comme bon me semblait. Aujourd'hui, ils servent tout au plus à remplacer le gain d'un mois de travail que vous m'aviez enlevé.

Voici donc comment « répartit » la « machine d'irrigation » : elle commence par prendre à toutes les familles le gain d'un mois de travail, et elle le rend à quelques-unes à la condition qu'elles feront encore **un** mois de travail.

Je ferais injure à mes lecteurs en supposant nécessaire de discuter et de réfuter de pareilles billevesées.

XIV

Calculée sur le chiffre du jour, la dépense militaire (guerre et marine) des quinze premières années de l'Empire (1852-66) se monterait à dix-huit milliards de francs. Elle a été moindre : nous « progressons ». Hardiment on peut la mettre, toutefois, directe et indirecte, à quinze milliards! La somme eut suffi, et au delà, pour doter nos trente-huit mille communes d'excellentes écoles, de bibliothèques populaires, de bains publics; pour achever les troisième et quatrième réseaux de nos voies ferrées; pour construire les chemins vicinaux si impérieusement réclamés et terminer nos canaux; pour développer nos services postal et télégraphique; pour multiplier les communications maritimes; en un mot, pour nous doter de tous les éléments et de toutes les garanties d'un rapide et sain développement, tant au point de vue moral et intellectuel que sous les rapports économique et social. Employés comme ils l'ont été, à quoi ont servi ces quinze milliards prélevés en quinze ans sur les fruits du travail, sur les économies du peuple français?

Pas même à faire atteindre le but qui servait de rai-on ou de prétexte à ces immenses dépenses : le développement de notre « puissance, » dans l'acceptation surannée du terme, L'écrasement de la
Pologne, que tant nous aimions ; le démembrement du Danemark,
que toujours nous protégeâmes ; la fin tragique de l'expédition
mexicaine ; le sol qui, en Algérie même, tremble sous nos pieds ; les
événements de 1866 qui ont donné tant de « patriotiques angoisses »
à M. Rouher : tout prouve que nos énormes dépenses militaires n'ont
point été « productives » de puissance, d'influence pour la France.
D'ailleurs, dans le grand et solennel débat législatif qui a précédé
l'adoption de la loi militaire du premier février 1868, les commis-
saires du gouvernement, et les orateurs de la majorité ne sont-ils pas
venus déclarer tour à tour, que, malgré tout ce qui a été fait et dépensé depuis quinze ans, la France était moins en sécurité que jamais, et ne se sentait pas même assez forte pour la défensive ? Et la
majorité, en votant la nouvelle organisation militaire, semblait rati-
fier ce dire. Il renferme pourtant l'arrêt de condamnation le plus
formel qui puisse être prononcé sur la prodigalité militaire des
quinze premières années de l'Empire.

On nous permettra de ne pas insister. Le sujet est épineux ; il est
douloureux aussi. Bien plus profondément encore attristerait-il, si
les hommes de progrès n'avaient pas l'intime conviction que la vraie
grandeur et la vraie puissance d'un Etat, quel qu'il soit, ne résident
pas aujourd'hui dans ses bataillons. La France, grâce à la vail-
lance incontestée de ses enfants et à leur ardent patriotisme, sera
toujours assez forte pour défendre et son sol et son droit, si quelqu'un
au monde pouvait avoir la folle témérité de les attaquer ; les vé-
ritables éléments de son influence, momentanément éclipsée, sont
dans le rayonnement de son esprit libéral et de ses institutions démo-
cratiques.

XIX

Les plaideurs se rejettent derrière leur dernier retranchement : les
compensations indirectes. Et au Corps législatif, au Sénat, dans les
journaux, dans les brochures, ils étalent la liste des progrès que la
France aurait réalisés sur le domaine des intérêts matériels. Des
colonnes de chiffres viennent attester le développement de l'agriculture, de l'industrie, du commerce, de tout ce qui ferait la prospérité
du pays. Allons au fond des choses ; encore un mirage qui s'évanouit.

D'abord : qu'y a-t-il de commun entre ces progrès économiques et les prodigalités militaires que l'on vous reproche? Ceux-là ne sont assurément pas l'effet de celles-ci, et, par conséquent, ne sauraient d'aucune façon leur servir d'excuse; la paix cuirassée n'a pu et ne peut qu'entraver l'essor des arts et travaux productifs.

Mais cet essor lui-même est-il aussi grand et aussi positif que le disent les organes officiels et officieux du gouvernement? Les plus optimistes, ce me semble, sont obligés d'en rabattre beaucoup depuis l'important et vif débat économique qui a occupé les séances du Corps législatif du 11 au 20 mai dernier. Les députés les plus « dévoués » et. que personne ne suspectera d'hostilité systématique, de pessimisme obstiné, ont successivement passé en revue les divers éléments de la « prospérité » que tant on aime à nous vanter. Ils ont montré, chiffres en main, qu'à un essor plus ou moins solide de quelques années a succédé un état général d'atonie, de marasme, dont tous pâtissent à des degrés divers. Ils ont montré l'agriculture en souffrance, malgré les hauts prix du blé, parce que les voies de communication locales lui manquent, parce que les impôts l'écrasent, parce que les capitaux en sont détournés. Ils ont montré la culture forestière en décadence, parce que les canaux sont inachevés, parce que d'énormes octrois interdisent au bois l'accès de ses meilleurs débouchés naturels. Ils ont montré la métallurgie, la filature, fermant une grande partie de ses usines, ou réduisant tantôt le nombre des ouvriers, tantôt la durée du travail, parce que la vente diminue au dehors et au dedans.

Ces souffrances, ni M. Rouher, ni M. de Forcade, ne les ont sérieusement contestées. Comment les contester, en présence de l'impôt qui voit son rendement fléchir; en présence des tableaux de douane qui accusent la baisse persistante de l'exportation; en présence des bilans de la Banque de France dont le portefeuille est d'une insignifiance désolante; en présence des statistiques commerciales qui constatent une progression continue des faillites; en présence de la cote de la Bourse de Paris, où la dépréciation des valeurs se chiffre par milliards? Tout ce qu'ont pu tenter les orateurs du gouvernement, c'était de disculper les traités de 1860 ou le régime de la liberté commerciale. Ils étaient dans le vrai. La liberté commerciale n'est pour rien dans les souffrances de la France. La cause véritable en est dans ce fait plutôt que le nouveau régime n'a pu ressortir ses effets naturels, à cause du milieu défavorable et des conditions où il agissait et que l'on aurait dit calculés tout exprès pour contrecarrer son action.

La liberté commerciale n'est pas un bien absolu. Elle agit d'une façon heureuse, en tant qu'elle présuppose et qu'elle développe entre·les peuples la confiance réciproque, l'accord sincère, l'entente sérieuse, pour marcher en avant dans la voie du progrès pacifique. La liberté commerciale présuppose encore et réclame impérieusement la sécurité à l'intérieur qui permette à l'esprit d'entreprise et à l'activité productrice de s'adonner à leur tâche avec courage et persévérance. L'air ambiant où se meut notre nouveau régime commercial est saturé, comme à dessein, d'éléments tout opposés; comment y vivrait et y prospérerait-il?

Oui, les orateurs du gouvernement ont eu raison mille fois de disculper la liberté commerciale. Mais ce plaidoyer, serré de près, ne contient-il pas un bien grave acte d'accusation contre la politique entière de ce même gouvernement? Que le bon sens public réponde! Déjà l'on connaît son arrêt.

XX

Assurément, nous ne nions pas les progrès très-notables qui, depuis quinze à vingt ans, ont en France été réalisés dans le domaine des intérêts matériels. Ce que je conteste, c'est d'abord que ces progrès soient particuliers à la France. Ce que je conteste d'une façon plus absolue encore, c'est qu'ils soient le produit du gouvernement personnel auquel vous prétendez en attribuer le mérite.

Un seul fait — nous ne pouvons pas dresser ici d'interminables tableaux statistiques — en dira assez. C'est avec infiniment de raison que l'on regarde et que vous-même signalez l'état des « communications » comme l'un des plus sûrs indices du sain développement économique. Où en sommes-nous sous ce rapport, comparativement aux autres États d'Europe? Les avons-nous réellement distancés à tel point que nous soyons obligés, autorisés seulement, à en chercher la raison dans notre régime tout « particulier, » à en ramener le mérite à la politique et aux ministres de l'Empire?

Voyons d'abord le plus imposant moyen de communication dont dispose le monde moderne, la voie ferrée. Sur cent kilomètres carrés d'étendue, la Belgique possède et exploite 8.713 kilomètres de chemins de fer; l'Angleterre, 7.831; la Hollande, 3.198; la Suisse, 3.179; la France, 2.749. Nous n'arrivons donc qu'en *cinquième* ligne; nous reculons même à la neuvième place, si l'on mesure le développement des voies ferrées par le rapport entre l'étendue des·

lignes et le nombre des habitants. Parlerons-nous des moyens de transports maritimes? L'état de la navigation commerciale fait ressortir pour chaque million d'habitants : 456,750 tonnes en Norwge ; 195,735 en Angleterre ; 175,969 tonnes dans les Pays-Bas ; la France n'occupe que le treizième rang. Examinerons-nous le mouvement des communications épistolaires? La moyenne annuelle est de 24.01 lettres par habitant en Angleterre ; de 15.60 lettres en Suisse ; de 13.16 lettres aux États-Unis ; de 8.86 lettres en France : nous voilà au quatrième rang. Étudierons-nous enfin le développement des communications télégraphiques? Sur cent kilomètres d'étendue, la Belgique exploite 11.865 kilomètres de fils télégraphiques ; la Suisse, 8.738 ; la Grande-Bretagne, 8.245 ; la Hollande, 6.005 ; la France, 5.471 kilomètres, ce qui nous assigne le cinquième rang (1).

Y a-t-il là pour nous de quoi s'enorgueillir? Je ne le pense pas. Ces chiffres comparatifs prouvent d'abord que, même au point de vue dés progrès matériels, l'Empire est loin de nous avoir placés « à la tête de la civilisation ». Le moyen d'y arriver n'est assurément pas dans le maintien d'une politique qui, année par année, enlève les meilleurs bras au travail; qui, par des impôts trop lourds et des dépenses improductives, épuise les ressources du pays; qui est si peu faite pour rassurer, pour donner la confiance du lendemain. Mais ces chiffres comparatifs prouvent encore que la marche en avant est universelle, irrésistible. Grâce à la liberté politique, économique et sociale, dont notre grande Révolution a jeté la semence dans toute l'Europe; grâce à la vigoureuse et féconde impulsion qu'elle a imprimée aux sciences positives et aux arts mécaniques, l'Europe jouit depuis un demi-siècle d'un développement continu et général dans la production, dans la consommation, dans les échanges, dans la propagation des moyens et instruments qui desservent ce mouvement. L'esprit moderne pousse à la roue, et c'est une puissante force locomotrice. Dites que vous n'avez pas voulu arrêter sa course; que même vous avez entendu la seconder, vous serez dans le vrai. Mais lorsque vous prétendez accaparer tout le mérite des progrès réalisés, vous rappelez la remuante prétentieuse de la Fontaine :

> Aussitôt que le char chemine,
> Et qu'elle voit les gens marcher,
> Elle s'en attribue uniquement la gloire.

(1) Ces données sont empruntées à un récent écrit de M. Neumann, écrit excellent qui forme une espèce d'introduction générale aux rapports de la commission autrichienne sur l'Exposition universelle de 1867.

XXI.

Elle n'enrayait pas, du moins. Ici l'on entrave même ces progrès matériels qui, dans l'esprit du gouvernement, devaient être l'excuse et la gloire de l'Empire, qui devaient dédommager la France des pertes et privations d'un ordre bien supérieur qui lui étaient imposées après 1851. La compensation, si c'en pouvait être une, de plus en plus s'évanouit.

Par l'enflement continu du système antilibéral et antidémocratique de la paix cuirassée; par le luxe des expéditions plus ou moins lointaines; par la folle exagération des travaux d'inutilité publique à Paris, dans les départements, dans les communes, l'on est parvenu à faire monter à la vertigineuse hauteur de *trois mille millions de francs* par an les charges publiques imposées, sous diverses formes et à tous titres, aux contribuables français. Ce prélèvement immense s'opère sur un revenu total qui, au maximum, atteint le chiffre de quinze milliards. Ainsi, les services publics enlèvent le cinquième de ses ressources à la nation prise en masse. Grâce à notre régime de l'impôt progressif à rebours, le prélèvement èst du quart et plus de leurs revenus pour les classes moins aisées, envisagées isolément. Obligé de répondre à des exigences aussi épuisantes, le pays néanmoins réclame en vain la liberté à l'intérieur, qui pourrait donner une nouvelle impulsion à son activité productrice; il réclame en vain ces garanties positives d'une paix durable qui développerait pour le moins ses échanges internationaux. Comment alors s'étonner des souffrances qui minent la santé physique et morale du corps social? Comment disconvenir de l'urgence suprême d'une réforme générale et entière de notre régime politique, administratif et financier?

Paris. — Imp. BALITOUT, QUESTROY et Cie, 7, rue Baillif et rue de Valo.

www.ingramcontent.com/pod-product-compliance
Ingram Content Group UK Ltd.
Pitfield, Milton Keynes, MK11 3LW, UK
UKHW020103100726
13658UKWH00004B/1947